MERCENÁRIO$
Volume 02

MERCENÁRIO$

Créditos

Criação e Roteiro: Fran Briggs

Arte: Anna Giovannini

Edição e Revisão: Rogerio Saladino

Editor-Chefe: Guilherme Dei Svaldi

JAMBÔ
Livros divertidos

Rua Sarmento Leite, 627 • Porto Alegre, RS
CEP 90050-170 • Tel (51) 3391-0289
contato@jamboeditora.com.br • www.jamboeditora.com.br

2ª edição: dezembro de 2018 | ISBN: 978858365082-9

Dados Internacionais de Catalogação na Publicação

B854m Briggs, Fran
v.2 Mercenário$ / Fran Briggs e Anna Giovannini. — Porto Alegre: Jambô, 2017.
96p. il.

1. História em quadrinhos. I. Giovannini, Anna. II. Saladino, Rogerio. III. Título.

CDU 82-91(084.1)

CAPÍTULO 4

O Circo, o Pesadelo e o Visitante Noturno

VALE DOS MERCADORES - TERRITÓRIOS LIVRES
MAS QUE CHUVARADA DOS INFERNOS!
É MAU PRESSÁGIO. ESSA TEMPESTADE QUE NÃO PÁRA É AZAR NA CERTA.
E VOCÊ COM MAIS UMA SUPERSTIÇÃO IDIOTA, NÉ, PAKO?
AH, É? E O QUE ME DIZ DO FATO DO PRÍNCIPE DE AGAMERON TER SIDO COROADO ALGUNS DIAS ATRÁS, IVAR?
TAVERNA A DOMADORA
ISSO É MAU PRESSÁGIO PRO REI DE KINGO, NÃO PRA NÓS. OS QUATRO REINOS NÃO MANDAM NADA AQUI NOS TERRITÓRIOS LIVRES, LEMBRA??
COMO TU É BURRO, IVAR! NÃO SABE QUE AGAMERON QUER CONQUISTAR O CONTINENTE TODO?
NÃO IMPORTA POR ONDE COMEÇAREM, NO FIM VAI SOBRAR PRA TODO MUNDO.

ÊÊÊ! CHEGA DE RECLAMAR, GENTE BESTA.
É SÓ UMA CHUVA DEMORADA, MAS SE ACHAM QUE AQUI TÁ RUIM, PODEM IR PRO *DESERTO DAS AREIAS RUBRAS*. TENHO CERTEZA QUE LÁ NÃO CAI UMA GOTA D'ÁGUA.
OI, RAGANI! ATÉ TU, A DONA DA TAVERNA, TÁ SERVINDO AS MESAS HOJE?
POR CAUSA DA CHUVA, O PESSOAL RESOLVEU MATAR O TEMPO NA DOMADORA, MAS EU NÃO RECLAMO...
...DESDE DE QUE O CIRCO CHEGOU AQUI NO VALE DIAS ATRÁS, O MOVIMENTO MELHOROU.
MAS ESSE CIRCO NÃO TÁ FAZENDO MUITO SUCESSO, TÁ?
VAI DEVAGAR OU ACABA ENGASGANDO, PAKO.
NÃO, A LONA NÃO SUPORTA ESSA CHUVA TODA. POR ISSO NÃO SE APRESENTARAM NENHUMA VEZ AINDA.
PLAF!
COF!

POR ISSO ACHA QUE A CHUVA TRAZ AZAR?
PORQUE DEU MÁ SORTE PRO CIRCO? ESSAS COISAS ACONTECEM, SABE?
APOSTO QUE FOI ISSO QUE DISSERAM DA MORTE DO LANDER.
COMO ASSIM?
EM QUE MUNDO CÊ VIVE, RAGANI?
UÉ, O ANDRAS FOI COROADO TEM UNS DIAS. FOI LOGO DEPOIS QUE O REI LANDER MORREU DE REPENTE, DE UM MAL SÚBITO.
VIVO BEM AQUI ONDE EU PAGO AS MINHAS CONTAS SOZINHA, PAKO.
ESSE ASSUNTO NÃO ME INTERESSA. ESSAS FOFOCAS NÃO VÃO ENCHER O MEU BOLSO, RAPAZES.
E QUEREM SABER? A CHUVA TROUXE SORTE PRA ALGUNS, AFINAL, IMAGINO QUE ESSE MAL SÚBITO DO REI DE AGAMERON VEIO MESMO A CALHAR PRO PRÍNCIPE.

NÃO SE PREOCUPA, MOLEQUE.
LOGO QUE ESSA TORMENTA PASSAR, VAMOS ARMAR A TENDA PRO GRANDE ESPETÁCULO.
SEI LÁ, FAUSTO, TÔ ACHANDO QUE NÃO FOI UMA BOA VIR PRA CÁ.
E QUERIA IR PRO REINO SUL, COMO ERA A PRIMEIRA ALTERNATIVA? TÁ MALUCO? KINGO DEVE ESTAR NUM ALVOROÇO DEPOIS DA COROAÇÃO DO PRINCIPEZINHO SEQUELADO DE AGAMERON.
SNIF
SHHHHHHHHHHH...
ESSAS TRETAS DE REINOS NÃO SÃO PROBLEMA NOSSO, A TRUPE NÃO DEVE NADA PRA ESSA GENTE FRESCA. E ATÉ A CHUVA DAR TRÉGUA, VAMOS FICAR ATOLADOS EM DÍVIDAS.
CALMA, RAPAZ. PIOR DO QUE TÁ NÃO DÁ PRA FICAR, JÁ DIZIA VOVÔ HILÁRIO.
BLAM!
ARRE. VOU NESSA ANTES QUE TU COMECE COM AS PIADAS DE PAVÊ.
FUI.

VWOOP!
NÃO PISA
NA POÇA.
NÃO PISA
NA POÇA.
NÃO PISA
NA PO--
SPLASH
AH,
QUALÉ?!
CHEGUEI,
PAULINA!
BANG!

Ó, É MELHOR ESQUECER O LANCE DE IR PRA KINGO. O FAUSTO NÃO VAI MUDAR DE IDÉIA.
GRAB!
FWOOP
MAS É UM IDIOTA DE CABEÇA DURA, ESSE FAUSTO!
PELO MENOS LÁ EU CONSEGUIRIA CLIENTES MELHORES DO QUE AQUI NESSE FIM DE MUNDO.
PÁRA COM ESSE PAPO, PAULINA. TU SABE QUE EU NÃO GOSTO NEM UM POUCO DISSO.
AZAR SEU, MAX! PRECISAMOS DE DINHEIRO, GOSTE VOCÊ OU NÃO.
TU PRECISA DE DINHEIRO O TEMPO TODO, CRIATURA. QUE DIFERENÇA FAZ SE É HOJE OU AMANHÃ?
AH, É? POIS AINDA BEM QUE CÊ TÁ SENTADO PORQUE TENHO UMA COISA BEM GRAVE PRA FALAR CONTIGO.
AH, CÊ AINDA TÁ EM PÉ, QUE *BONITINHO*...
HAH, HAH, HAH...
NÃO SABIA QUE ALÉM DE MAQUIADORA TU TAMBÉM ERA PALHAÇA DO CIRCO.
RELAXA TAMPINHA, CÊ VAI ATÉ CHORAR DE RIR COM A GRANDE NOTÍCIA.

TEM CERTEZA DE QUE QUER SE JUNTAR A NOSSA TRUPE, MOÇA?
TEM NOÇÃO DO TIPO DE GENTE MALUCA QUE VAI ENCONTRAR POR AQUI?
BLAM!!
TU DISSE QUE PIOR DO QUE TAVA NÃO PODIA FICAR! VOU DAR NA CARA DE VOVÔ HILÁRIO!
VIU?

QUANDO FUI NA VILA COMPRAR MANTIMENTOS, OUVI DIZER QUE TÁ CHOVENDO ASSIM POR QUASE TODOS OS TERRITÓRIOS LIVRES, NANA.
NÃO FICA TRISTE, MENINA. QUANDO PASSAR O MAU TEMPO, A GENTE PLANTA TUDO DE NOVO.
NOSSA HORTA ESTRAGOU, ERA TODA A NOSSA RESERVA PROS PRÓXIMOS MESES.
O MAU TEMPO NÃO VAI PASSAR NUNCA MAIS, NANA.
...MAS MESMO SOZINHAS E QUASE SEM DINHEIRO, A GENTE TINHA UMA A OUTRA.
AS COISAS SEMPRE FORAM TÃO DIFÍCEIS.
CRESCI VENDO E AJUDANDO MINHA MÃE A PLANTAR NUM DIA PRA COMER NO OUTRO. VIVEMOS ISOLADAS POR CAUSA DA MINHA MALDIÇÃO QUE ELA CHAMAVA DE *DOM*...

TÔ TÃO PERDIDA, NANA! NÃO SEI PRA ONDE IR, NEM O QUE FAZER. NUNCA DEI UM PASSO FORA DESSAS TERRAS.
CREIA-ME, MINHA CARA, NADA É TÃO RUIM QUE NÃO POSSA PIORAR.

DEIXE DE LAMURIAS, CRIANÇA, E ENFRENTE O SEU MEDO. OU PREFERE SE ESCONDER...
...SOB AS BARRAS DAS SAIAS DO CADÁVER DE SUA MÃE?
THUD!
QUEM É VOCÊ E O QUE ESTÁ FAZENDO AQUI?
É UM DEMÔNIO, MENINA!
SOU DOMENIK WINDSLASHER, E ME ENCONTRO AO SEU INTEIRO DISPOR.

EU JÁ OUVI FALAR DELES! SÃO DEMÔNIOS QUE APARECEM PRA DEVORAR OS CORPOS DOS RECÉM-FALECIDOS!
PERDÃO, BEÓCIA SENHORA, MAS QUANDO SABOREIO MEUS APERITIVOS ELES ARFAM O SUFICIENTE PARA SE PROVAREM VIV--
BANG!!
ZWWWWNNHHH...!!

POUCO ME IMPORTA SE É UM VAGABUNDO, UM DEMÔNIO OU UMA ABERRAÇÃO PERDIDA...
...EU NÃO SEI O QUE É VOCÊ, CRIATURA, E NÃO GOSTO DE INVASORES. ENTÃO OU TU SAI PELA PORTA QUE ENTROU, OU O SEGUNDO DISPARO...
...EU NÃO VOU *ERRAR.*
!?
THUMP
ENTÃO *NÃO ERRE,* CRIANÇA.

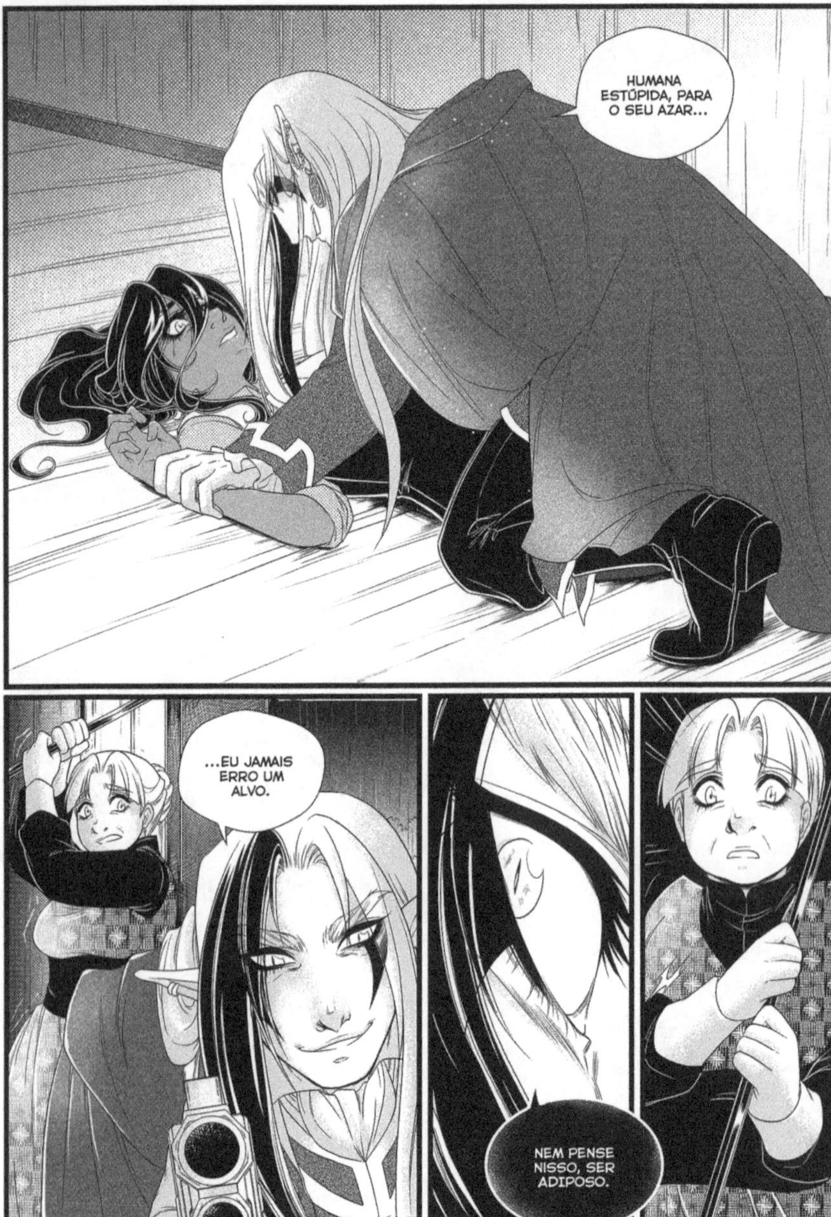
HUMANA
ESTÚPIDA, PARA
O SEU AZAR...
...EU JAMAIS
ERRO UM
ALVO.
NEM PENSE
NISSO, SER
ADIPOSO.

POR QUE TÁ FAZENDO ISSO? O QUE VOCÊ QUER?
NÃO FAZ IDÉIA?
EU QUERO *VOCÊ.*
CLICK!

VOCÊ APERTOU O GATILHO!
DEVERAS, MAS NÃO FEZ EFEITO, LOGO, NÃO FAREMOS CASO DISSO. AFINAL, FOI VOCÊ QUEM ME ATACOU PRIMEIRO.
VOCÊ ME ATACOU!
DE MODO ALGUM! APENAS ME DEFENDI.
TINHA QUE APLACAR SEU DESEJO HOMICIDA.
COLOCANDO UMA ARMA NA MINHA CABEÇA E APERTANDO O GATILHO?
PELA SAGRADA LUZ! QUE BELENUS PERDOE A GENTE, MENINA!
ELE É UM ELFO!

QUEM MAIS SABE DISSO, ANDRAS?
TODA A ASSEMBLEIA, TÂNTALO E MINHA MÃE. ALIÁS, FOI ELA QUEM ME CONFIDENCIOU TAL COISA HÁ MESES.
MAS POR QUE SEU PAI ASSINOU ESSE TRATADO? ELE SEMPRE SE MOSTROU UM HOMEM TÃO CONFIANTE.
MEU PAI ERA UM COVARDE DE MERDA.
POR ISSO ME AMEAÇAVA, SABIA QUE EU JAMAIS ACEITARIA ESSE TIPO DE *ARMISTÍCIO* QUE MAIS PARECE UMA AMEAÇA.
SE O QUE DIZEM SOBRE O PODERIO DO EXÉRCITO DE KINGO FOR VERDADE, SEU PAI TEVE BONS MOTIVOS.
MAS É POR ISSO QUE NÃO NOS REBAIXAREMOS! COMO AGAMERON SERÁ LEMBRADO SE NOS ACOVARDARMOS POR CAUSA DE BOATOS!?
E SE NÃO FOR BOATO, ANDRAS? ACHA QUE SEU PAI RECUARIA POR SIMPLES RUMORES MENTIROSOS?
MEU PAI NUNCA TEVE COLHÕES, SEU IDIOTA! VIVIA DA FAMA DE NOSSOS ANTEPASSADOS! E EU NÃO SEREI IGUAL A ELE!

E VAI FAZER O QUÊ? ARMAR UM CERCO CONTRA KINGO? MANDAR NOSSOS SOLDADOS PARA UM BANHO DE SANGUE?
AH, MEU PRIMO, VOCÊS TODOS ACHAM QUE SOU SÓ UM LOUCO QUE TEM PRAZER COM A MENÇÃO DE UMA GUERRA, NÃO É?
NÃO, ANDRAS. MAS SABEMOS QUE SUA IMPULSIVIDADE PODE PREJUDICAR NOSSO REINO.
ENTÃO, ANTES DE MAIS NADA, FAREMOS UMA VISITA DIPLOMÁTICA AO REI DE KINGO COM UMA PROPOSTA.
PARECE QUE ELES ESTÃO EM VANTAGEM BÉLICA, ANDRAS.
DUVIDO QUE KINGO ACEITARÁ.
SE KINGO RECUSAR, DAMIEN, ME DARÁ O QUE REALMENTE PRECISO.
UM MOTIVO.

NÃO!

VOCÊ ME TRAIU, GENERAL TÂNTALO.
FOI PARA O BEM DE AGAMERON, SENHOR! EU SINTO MUITO! EU SINTO MUITO!
NÃO É UM BOM MOTIVO, FIEL CONSELHEIRO.
MAJESTADE, AMIGO LANDER, POR FAVOR, NÃO!
!

CONTE A ELE O REAL MOTIVO DE SUA TRAIÇÃO, TÂNTALO, MEU SERVO.
MEU SENHOR, EU O TRAI PELA VONTADE DE ARAWN! SOU APENAS UM INSTRUMENTO DELE!
ESSA...

...FOI A SUA VERDADEIRA RAZÃO, TÂNTALO.
!

AH, SENHOR WINDSLASHER?
TOC TOC
SIM?
AS... AS SUAS ROUPAS ESTÃO SECAS...
FICO MUITO GRATO, PRESTATIVA NANA.
NÃO... NÃO FOI NADA.

NÃO VAI SE SERVIR, WINDSLASHER?
NÃO, MINHA CARA ANFITRIÃ.
ENTENDI. DEVE ESTAR ACOSTUMADO COM BANQUETES E NÃO COM UM DESJEJUM TÃO SIMPLES.
APENAS NÃO SINTO FOME PELA MANHÃ.
HM... TALVEZ O QUE A NANA CONTOU SOBRE VOCÊS ELFOS SEJA VERDADE.
BOM... ELA CONTOU QUE FORAM FEITOS COM O SANGUE DO PRÓPRIO GRANDE CRIADOR...
MESMO? POIS ADORARIA CONHECER TAIS DITOS A RESPEITO DE MINHA EXÓTICA ESPÉCIE.
...QUE FORAM ADOTADOS COMO FILHOS QUERIDOS DE DAGDA, E QUE POSSUEM PODERES NATURAIS.
POR ISSO VIVEM EM UNIÃO COM A NATUREZA, POIS SÃO UMA EXTENSÃO DELA. COMO UM SÓ SER.

ACREDITA EM TAIS FÁBULAS?
NÃO SEI DIZER, JÁ QUE ATÉ ONTEM EU NUNCA TINHA VISTO UM ELFO, MAS...
...CHOVEU POR DIAS DESDE A MORTE DA MINHA MÃE, E A CHUVARADA DIMINUIU DEPOIS QUE VOCÊ CHEGOU.
UMA FELIZ COINCIDÊNCIA, TALVEZ?
NÃO ACREDITO EM COINCIDÊNCIAS FELIZES, MOÇO.
MAS ACREDITA EM CONTOS DE FADAS.
ACHA ENTÃO QUE EU ORDENEI QUE AS NUVENS CARREGADAS SE AFASTASSEM?
DIGA-ME, JOVEM SAVANNA, EM QUE REALMENTE DESEJA ACREDITAR?

ACREDITO QUE TEM UMA EXPLICAÇÃO PRA INVADIR A MINHA CASA NO MEIO DA NOITE E NÃO TEM NADA DE COINCIDÊNCIA NESSA HISTÓRIA.
ONTEM VOCÊ DISSE QUE *ME QUERIA*, MAS NÃO CONSIGO VER COMO POSSO TER QUALQUER COISA QUE SEJA DO SEU INTERESSE.
NÃO É ABSOLUTAMENTE SOBRE MIM.
ESTOU AQUI POR INTERESSE DO PALÁCIO DE AGAMERON.
PALÁCIO DE AGAMERON? NÃO QUERO TER NADA COM ESSA GENTE. E POR QUE ALGUÉM DAQUELE LUGAR IA QUERER SABER DE MIM?
ACREDITE, TINHA ME FEITO ESSA MESMA PERGUNTA ATÉ CONHECER SUA CURIOSA PESSOA.
CONTINUA...

CAPÍTULO 5

O Reino Sul, a Floresta Morada da Escuridão e o Ladrão

NÃO SEI SE FOI BOM ACEITAR ESSA IDEIA DO ELFO DE IR PRA AGAMERON, NANA.
É UMA CHANCE DE CONHECER O SEU PAI, MENINA. VOCÊ SEMPRE QUIS ISSO.
TÔ COM MEDO. NUNCA SAÍ DESSAS TERRAS.
E TEM ESSE CARA ESTRANHO AÍ... NÃO SEI SE POSSO CONFIAR NESSE SUJEITO EMPINADO.
MENINA, JÁ OUVI FALAR DE MUITA COISA NESSE MUNDO, MAS NUNCA ME CONTARAM DE UM ELFO QUE NÃO FOSSE UMA CRIATURA ILUMINADA!
ELES ERAM PROTEGIDOS POR BELENUS, E A LUZ DELE VAI ILUMINAR O SEU CAMINHO E TE PROTEGER, SEJA ONDE FOR.

KINGO - REINO SUL

MAJESTADE, OS ENVIADOS DO REINO LESTE, AGAMERON, JÁ SE ENCONTRAM DENTRO DOS MUROS DA CIDADELA REGENCIAL.
POSSO VÊ-LOS, YUL.
MAS DIGA-ME...
...ACREDITA QUE SUA VINDA SE DEVE AO TRATADO DE ARMISTÍCIO ASSINADO PELO ANTIGO REI DE AGAMERON?
SABEMOS A RESPEITO DA IMPULSIVA NATUREZA BÉLICA DO NOVO REGENTE DO REINO LESTE.
VENDO POR ESSE LADO...
...TAL VISITA CERTAMENTE TEM RELAÇÃO COM O ACORDO DE TRÉGUA ENTRE KINGO E O FALECIDO REI LANDER.

O COMBOIO DE AGAMERON. COMO IMAGINEI, NÃO DEMOROU MUITO PARA QUE O NOVO REI ARTICULASSE CONTRA KINGO.
TAMBÉM SUSPEITA DA REPENTINA *VISITA* DO REINO LESTE, IRMÃO AKIO?
PENSE COMO UM HOMEM DE AÇÃO, KANISHKA. SABEMOS QUE O PRÍNCIPE ANDRAS NUNCA FOI COMO O PAI. NÃO ESPERO QUE ELE CUMPRA QUALQUER TRATADO DE ARMISTÍCIO.
REFERE-SE AO TRATADO ENVOLVENDO O VALE?
EXATO. VOCÊ SABE DE ONDE COMPRAMOS O MATERIAL PARA FORJARMOS NOSSAS LENDÁRIAS ESPADAS ?
DO ***VALE DE GIA.***
LÁ A TERRA É RICA EM MINÉRIOS NECESSÁRIOS PARA QUE AS LÂMINAS MAIS RESISTENTES E AFIADAS SEJAM FORJADAS.

O VALE DE GIA FICA NUMA POSIÇÃO INGRATA, ENRAIZADO NA FRONTEIRA ENTRE AGAMERON E KINGO. E ISSO SEMPRE FOI UM MOTIVO PARA AS DISPUTAS ENTRE NOSSOS REINOS.
E APESAR DOS HABITANTES DE GIA NÃO COMPACTUAREM COM NOSSAS DESAVENÇAS POLÍTICAS...
...A NATUREZA OS COLOCOU EM DESVANTAGEM POR CONTA DO TESOURO QUE SUAS TERRAS GUARDAM.
UM TESOURO COM O PODER DA MORTE.
MAS O NOSSO FALECIDO REI USOU DE UM FORTE ARGUMENTO EM SEUS DIAS DE REINADO, OBRIGANDO LANDER A ASSINAR UM TRATADO DE ARMÍSTICIO. NO TRATADO, AGAMERON JUROU NUNCA TENTAR TOMAR O VALE DE GIA, E KINGO JUROU NÃO USAR O SEU PODER BÉLICO CONTRA O REINO LESTE.
O TRATADO FOI CUMPRIDO ATÉ ENTÃO, MAS RECEIO QUE ESTEJA COM OS DIAS CONTADOS.

FOI SÓ ISSO QUE RESTOU DO NOSSO MUNDO? AMEAÇAS, GUERRA, DOR, SOFRIMENTO?
SÃO NOS PIORES SOLOS QUE AS MAIS FORTES VEGETAÇÕES PROVAM SUA RESISTÊNCIA.
COMO SABERÍAMOS O VALOR DA PAZ, DOS AMORES E DA VIDA SE NÃO TIVÉSSEMOS QUE LUTAR POR TAIS COISAS?
ENTÃO O REINO DE RAVI É MUITO IMPORTANTE PARA MIM PORQUE ESTÁ EM RUÍNAS?
NÃO, KANIHSKA, RAVI É IMPORTANTE PORQUE É A SUA TERRA POR DIREITO.
MAS VOCÊ VAI MOSTRAR O QUANTO AMA O SEU PRECIOSO REINO OESTE AO LUTAR PARA RECONSTRUÍ-LO.

ARREDORES DA FLORESTA MORADA DA ESCURIDÃO
VOCÊ SEMPRE FICA TÃO POUCO, NÃO DÁ PRA MATAR A SAUDADE, RAGANI!
EU SEI. TAMBÉM NÃO GOSTO DE TER QUE IR EMBORA, TOMOS.
A MINHA AVÓ DISSE QUE É MUITO ERRADO VOCÊ FICAR LONGE ASSIM, MAS QUE É MELHOR PRA GENTE...
...POR QUE?
...
NÃO FOI EXATAMENTE ISSO QUE EU DISSE, SEU PESTINHA.
QUALQUER HORA VOU TER QUE PASSAR MEL NA SUA LÍNGUA E ENFIAR ELA NUM FORMIGUEIRO.

E VOCÊ ESQUECEU ISSO, RAGANI.
LÍLE, JÁ DISSE QUE ESSAS COISAS SÃO SÓ SUPERSTIÇÕES. NÃO AJUDAM EM NADA.
PEGA E COLOCA NO PESCOÇO! ANDA!
SE ME OUVISSE NÃO TAVA NESSA SITUAÇÃO, SUA MENINA TEIMOSA!
...
O SÍMBOLO DE DAGDA.

ESSE É O COLAR MAIS ANTIGO DO *CLÃ MISHRA, A SUA FAMÍLIA.*
SUA AVÓ ME PEDIU PRA GUARDAR COMO SE FOSSE MEU.
EU SEI, LILE. MINHA AVÓ SEMPRE CONTAVA HISTÓRIAS SOBRE O NOSSO CLÃ NAS NOITES DE FOGUEIRA, INCLUSIVE QUE ELE ERA TÃO IMPORTANTE QUE UMA DE NOSSAS ANCESTRAIS FOI RAINHA DE *RAVI.*
SE SABE NÃO DEVIA TER JOGADO FORA O OUTRO COLAR COM O SÍMBOLO DE *BELENUS.* ERA UMA JÓIA MUITO IMPORTANTE DA SUA FAMÍLIA.
E BEM CARA!
AH, ENTÃO TÁ PREOCUPADA COM ISSO?
NÃO SE FAÇA DE IDIOTA, RAGANI. O DINHEIRO É IMPORTANTE, MAS AQUELE COLAR ERA VALIOSO POR OUTRO MOTIVO! AQUILO ERA UMA PROTEÇÃO DE BELENUS E VOCÊ ABRIU MÃO DELA.
EU NÃO JOGUEI O COLAR DE BELENUS FORA, LÍLE...
...ELE TIROU DE MIM, EM UM DOS ATAQUES DE RAIVA. DIZIA QUE O COLAR TAVA AMALDIÇOADO, TINHA MUITO ÓDIO DESSAS HISTÓRIAS DE GUARDIÕES.

EU AMAVA *AQUELE HOMEM*, LÍLE.
ELE QUERIA FUGIR DOS OLHOS DE BELENUS. E VOCÊ ARRUINOU O SEU DESTINO QUANDO SE JUNTOU COM AQUELE HOMEM SOMBRIO.
AMOR.
O QUE ESSE AMOR TE DEU ALÉM DE MEDO E SOFRIMENTO?
A CRIANÇA PRECISA SER GUARDADA DAQUELE DEMÔNIO.
MAS SE NÃO QUER PROTEÇÃO PRA SI, VOU COLOCAR NO BERÇO DO PEQUENO.
E O QUE O COLAR DE BELENUS FEZ POR MIM?
TOMA, FICA COM ISSO. PODE VENDER E COMPRAR ROUPAS PROS SEUS NETOS E PRO--
NÃO FALA ASNEIRA! ESSE COLAR NÃO TEM PREÇO!
PAFT

VAI CUIDAR DELE, LÍLE? COMO CUIDA DOS SEUS NETOS?
O QUE EU TENHO FEITO TODO ESSE TEMPO, RAGANI?
ESCONDIDA NO MEIO DESSE MATO, ACORRENTADA NESSA VIDA LONGE DOS NOSSOS COSTUMES NÔMADES?
QUANDO ABRIU MÃO DA PROTEÇÃO DE BELENUS, NÃO FOI AMALDIÇOADA SOZINHA, CRIANÇA TOLA. AMALDIÇOOU TAMBÉM TODO MUNDO QUE VOCÊ AMA.
É MELHOR NÃO APARECER POR AQUI POR UM BOM TEMPO, PRA NOSSA SEGURANÇA.
AINDA QUE NÃO ACREDITE NISSO, CRIANÇA, PEÇO TODO DIA QUE DAGDA TE PROTEJA.

TERRITÓRIOS LIVRES -
VALE DOS MERCADORES
PELA LUZ SAGRADA DA LAMPARINA DE BELENUS!
PAFT

QUER ME MATAR DO CORAÇÃO, PRAGA RUIM?! NÃO VÊ QUE TÔ NUMA MISSÃO?!
SE TÁ SE BORRANDO ASSIM, É PORQUE COISA BOA NÃO TÁ ARMANDO, MAX.
NA VERDADE VAI SER COISA BOA, SIM. BOA PRA MIM.
É SOBRE A GRANDE NOTÍCIA QUE A PAULINA TE DEU? NÃO TÁ PENSANDO EM FAZER BESTEIRA, NÉ?
SINCERIDADE? ULTIMAMENTE SÓ CONSIGO PENSAR QUE PRECISO DE DINHEIRO. MUITO! PRA ONTEM!
SOSSEGA, MOLEQUE! A CHUVA DEU UMA TRÉGUA, LOGO O CIRCO VOLTA A TER PÚBLICO. NÃO PRECISA FAZER BESTEIRA.
CÊ NÃO ENTENDE, FAUSTO.
O CIRCO NUNCA VAI DAR O QUE PRECISO. AINDA MAIS AGORA. NADA VAI SER SUFICIENTE PRA ELA.
...
AGORA DÁ LICENÇA QUE VOU ESTREAR O MEU NOVO TALENTO.

CORRE!
CORRE
CORRE
CORRE

QUIÉ QUE FOI QUE VOCÊ FEZ, MOLEQUE?
SE DEU MAL, NÉ?
MUITO -ARF- PELO CONTRÁRIO -ARF- FAUSTO...
EU ME COLOQUEI A PROVA, RI NA CARA DO PERIGO E SUPEREI AS MINHAS PRÓPRIAS EXPECTATIVAS!
DEPOIS DE HOJE, PODE ME CONSIDERAR O MELHOR DOS MELHORES! UM VERDADEIRO...
...GATUNO!
VOCÊ É PIOR DO QUE EU PENSAVA... ROUBANDO DOCE DE UMA CRIANÇA!?
ISSAÊ, TÁ CHEIO DA RAZÃO, SOU MUUUITO PIOR! CUIDADO COMIGO!
AFINAL, QUEM ROUBA DOCE DE CRIANÇA É CAPAZ DAS PIORES MALDADES! HEHEHE!
LAMBIDINHA LAMBIDÃO
AH É, GRANDE GATUNO? TU SABE ONDE VÃO PARAR OS CAMARADAS COM O MESMO TALENTO LADINO QUE VOCÊ?
NA PRISÃO DA CIDADE.
MÉÉÉÉ

PERAI, DONA, DEIXA EU VER SE ENTENDI...
...TÁ DIZENDO QUE ESSE TRIO DE FRALDAS FROUXAS SÃO FUGITIVOS PERIGOSOS PROCURADOS NO REINO DE AGAMERON...
...E QUE ESSE É UM DOCUMENTO DO PRÓPRIO REI ANDRAS PRA EU ENTREGAR OS TRÊS PRA SENHORA?
ISSO MESMO, SENHOR.
E COMO PODE VER, O DOCUMENTO TEM O SELO OFICIAL DE AGAMERON.

E QUEM SOMOS NÓS PRA CONTRARIAR A ORDEM DE UMA POTÊNCIA COMO AGAMERON, NÃO É MESMO?
PERFEITAMENTE, SENHOR.
SABE BEM O QUE ISSO IMPLICARIA PARA O VALE DOS MERCADORES?
SEI.
ENTÃO, O QUE POSSO FAZER A NÃO SER OBEDECER DE *LIVRE E ESPONTÂNEA* VONTADE A ORDEM DO JOVEM REI.

HMMM... BOM DIA PRA VOCÊ TAMBÉM, BESTA.
CURIOSO, NÃO IMAGINEI VER UMA DESSAS EM PSYKHÉ.
EI!?
VOCÊ TEM MÃOS LEVES, MOÇO!
GRATO PELO ELOGIO.
NÃO FOI UM ELOGIO.
NEM SENTI QUANDO PEGOU A PISTOLA BEM AQUI DO MEU LADO. FUÇOU NAS MINHAS COISAS ENQUANTO EU DORMIA?
TALENTO DE RAÇA.
SABERIA SE DEDICASSE PARTE DE SEU TEMPO AOS ESTUDOS DOS POVOS ANTIGOS.

ÔÁ!
PERDÃO PELA MINHA IGNORÂNCIA, SENHOR WINDSLASHER!
ESTÁ PERDOADA.
CONTOU-ME OUTRA NOITE QUE TAL ARMA PERTENCIA A SUA MÃE E QUE ELA A TROUXE DO MUNDO ONDE NASCERA.
É, MINHA MÃE NÃO NASCEU NESSE CONTINENTE E ESSA PISTOLA NÃO FOI FEITA AQUI.
E COMO A PISTOLA FUNCIONA?
É MEIO DIFÍCIL DE EXPLICAR... NÃO SEI EXATAMENTE COMO ERA NO MUNDO DA MINHA MÃE, MAS AQUI É UMA COISA QUE SÓ EU CONSIGO FAZER.
UM TALENTO PARTICULAR?
TAL PECULIARIDADE EXPLICARIA PORQUE OS PALACIANOS DE AGAMERON SE INTERESSAM TANTO POR SUA PESSOA?

NÃO SEI NÃO, WINDSLASHER, MAS PARECE QUE A ÚNICA PESSOA INTERESSADA EM MIM É O REI LANDER, MEU PAI. POR ACASO FOI ELE QUE MANDOU VOCÊ ATRÁS DE MIM?
O REI LANDER É SEU PAI. COMPREENDO.
É, POIS É.
MAS NÃO QUERO FALAR DISSO AGORA. VOU ARRUMAR ALGUMA COISA PRA MASTIGAR ANTES DA GENTE SEGUIR VIAGEM.
IREI CONTIGO, TENHO ORDENS PARA CUIDAR DE SUA PESSOA.
PRETENDE UTILIZAR-SE DESSA TAL PISTOLA PARA CONSEGUIR SEU DESJEJUM? SEM QUALQUER ESPÉCIE DE MUNIÇÃO?
HAH! MUNIÇÃO? VEM COMIGO E PRESTA ATENÇÃO, MOÇO!
COMO QUISER, PRINCESA.

BANG!
VIU? SEM MUNIÇÃO.
MINHA MÃE CHAMAVA ISSO DE DOM, EU NÃO SEI DIREITO COMO CHAMAR. MAS ATÉ QUE SERVE PRA SOBREVIVÊNCIA, NÉ?
DE CERTO. NO ENTANTO, EU AFIRMARIA SE TRATAR DA PROVA DE SUA REALEZA.

ELEMENTAR, MINHA CARA...
POR QUE SEMPRE QUE ESCUTO ESSE PAPO DE REIS E PRINCESAS, SINTO UM BAITA CALAFRIO?
PORQUE ISSO DEIXA CLARO QUE SEU PAI ROMPEU UM SAGRADO PACTO E QUE É UMA HERDEIRA DO TRONO REAL, AINDA QUE BASTARDA.
E SER UMA HERDEIRA É RUIM.
PELA LUZ DE BELENUS! EU NEM DEVIA TER CONTADO PRA VOCÊ SOBRE O MEU PAI SER O REI DO REINO LESTE, NÉ?
DEPENDE.
DEPENDE DO QUÊ?
DE QUEM MAIS CONHECE SUA LINHAGEM.

NEM TE CONHEÇO! MINHA MÃE TAVA CERTA, SÓ DE ALGUÉM VER O MEU DOM EU CORRO PERIGO! QUEM NÃO IA QUERER BOTAR A MÃO NA FILHA BASTARDA DE UM REI?
O QUE FOI QUE EU FIZ?
NUNCA DEVIA TER SAÍDO DE CASA!
NÃO HÁ MOTIVOS PARA HISTERIA, MINHA QUERIDA.
JAMAIS TRAIRIA SEU SEGREDO, ESTÁ SEGURA COMIGO. APENAS DIGA-ME, QUEM MAIS SABE SOBRE SUA FILIAÇÃO.
NINGUÉM! SÓ VOCÊ E A NANA, MAS NELA A GENTE PODE CONFIAR.
A NANA É UMA PESSOA ESPECIAL. ELA SABE TUDO SOBRE MIM E SEMPRE CUIDOU DA GENTE.
ELA NUNCA ME FARIA MAL.
SEI QUE NÃO. ELA MOSTROU GRANDE AFEIÇÃO POR SUA PESSOA.
CREIO QUE NANA DEFENDERIA O SEU SEGREDO COM A PRÓPRIA VIDA.

ACHO QUE A NANA TINHA RAZÃO, SABE?
SOBRE O QUÊ?
ELA NÃO PÔDE ESTUDAR TANTO, ENTÃO NÃO CONHECIA MUITO SOBRE TODAS AS COISAS, MAS TUDO O QUE SABIA CONTOU PRA MIM E PRA MINHA MÃE.
ANTES DA GENTE PARTIR, A NANA ME DISSE QUE TODOS OS ELFOS TEM UM BRILHO QUE FAZ DELES ESPECIAIS.
E ELA SENTIU QUE VOCÊ ERA ILUMINADO POR BELENUS.
E DISSE QUE EU PODIA CONFIAR EM VOCÊ.
CONTINUA...

CAPÍTULO 6

Maximus Magnus Magnaninus Supremus Absolutus

DEVO CRER QUE SUA VISITA AO REINO DE KINGO TEM RELAÇÃO COM O TRATADO QUE FIRMAMOS COM O FALECIDO REI LANDER...
...RAINHA EMÉLIA?
PERDOE-ME MAJESTADE, MAS SOU EU, GENERAL DAMIEN JUNIUS KATSAROS...
...O ENVIADO PELO REI ANDRAS VASILIOS AGRIPPAS DE AGAMERON, QUE TRATAREI DE TAL ASSUNTO.

COMPREENDO.
SENDO ASSIM, DIGA-ME, GENERAL KATSAROS, POR QUE REQUISITOU UMA AUDIÊNCIA COMIGO?
MAJESTADE, TRAGO A ORDEM DE AGAMERON PARA QUE ENTREGUE O VALE DE GIA. AGAMERON NÃO DESEJA MAIS QUE A SEGURANÇA DE NOSSA FRONTEIRA FIQUE COMPLETAMENTE A MERCÊ DE KINGO.
ANDRAS *ORDENA* QUE KINGO ENTREGUE TODO O CONTROLE DO VALE DE GIA?

ACASO SEU JOVEM REI SABE O MOTIVO QUE LEVOU O REI LANDER A CEDER O VALE, OUTRORA VÍTIMA DE CENTENAS DE INVESTIDAS DE INVASÃO POR PARTE DO REINO LESTE? ELE CONHECE O MOTIVO DE SEU PAI TER ASSINADO O TRATADO?
CERTAMENTE, SENHOR. ANDRAS LEU TODOS OS DETALHES A RESPEITO DO TRATADO.
POIS ENTÃO CREIO QUE ELE NÃO ENTENDEU A SITUAÇÃO EM QUE O REINO LESTE SE ENCONTRA.
DEIXE-ME MOSTRAR O QUE FEZ COM QUE O REI LANDER RECOBRASSE O BOM SENSO, DESISTISSE DE GUERREAR CONOSCO...
...E DEIXASSE DE LADO DE UMA VEZ A IDEIA DE TOMAR PARA AGAMERON O VALE ENTRE NOSSAS FRONTEIRAS'

AGORA QUE JÁ DEMOS UM JEITO NAQUELA VELHA GORDA SOZINHA NO MEIO DO NADA...
...DEIXA EU VER SE ENTENDI DIREITO, RYANE.
O TAL REIZINHO DE AGAMERON PRECISA DOS NOSSOS SERVIÇOS E A INFELIZ DA VELHA TINHA ALGUMA COISA A VER COM ISSO?
O REI! NÃO SABIA QUE A GENTE TAVA ASSIM TÃO IMPORTANTE! HAHAHAH!
NÃO SÃO IMPORTANTES.
NA VERDADE, O REI ANDRAS ESTÁ FAZENDO UM FAVOR PRA VOCÊS E APOSTO QUE VÃO ADORAR A MISSÃO. AFINAL, FORAM PRESOS POR CULPA DO TRAIDOR QUE O REI DESEJA ENCONTRAR.
WINDSLASHER.

POIS DESSA VEZ TÔ BEM PREPARADO.
NÃO É DA SUA CONTA. SE PREOCUPEM COM A RECOMPENSA. ALIÁS, O REI ANDRAS JÁ FOI BASTANTE GENEROSO TIRANDO VOCÊS DA PRISÃO.
SÓ ME DIZ UMA COISA. POR QUE O REI DE AGAMERON QUERIA A VELHA MORTA E O QUE O ELFO TEM A VER COM ELA?
NÃO VEM COM ESSA! TEM CAROÇO NESSE ANGU! DANE-SE A VELHA, APOSTO QUE O REI QUER O ELFO PRA COLEÇÃO. ELES SÃO RAROS!
E, COMO BEM SABE, TAMBÉM SÃO ARDILOSOS E INDIGNOS DE CONFIANÇA. MAIS UM MOTIVO PARA O REI QUERER A CABEÇA DELE.
CALMA AÍ, MOÇA! NÃO LIGA PRAS IDIOTICES DO ANORMAL, SABE COMO ELE É.
DEPOIS NUM DIZ QUE EU NÃO AVISEI.
MAS SE ESTÁ COM MEDO, ORDENAREI AGORA MESMO QUE O COCHEIRO VOLTE E DEVOLVA TODOS VOCÊS A PRISÃO.
O QUE IMPORTA AGORA É SABER COMO VAMOS ACHAR O WINDSLASHER. ELE PODE ESTAR EM QUALQUER LUGAR DO CONTINENTE.
ACONTECE QUE EU SEI EXATAMENTE ONDE ENCONTRAR O INFELIZ.

AH... DOMI, TEM UM PÁSSARO SEGUINDO A GENTE.
NÃO É UM SIMPLES PÁSSARO, MINHA CARA PRINCESA. ELE É MEU MEIO DE COMUNICAÇÃO COM AGAMERON. É ATRAVÉS DA AVE QUE RECEBEM NOTÍCIAS SOBRE MINHA JORNADA.
SEI, MAS É DIFÍCIL ACREDITAR QUE MEU PAI TÁ CUIDANDO TANTO ASSIM DE MIM. FAZ MUITO TEMPO QUE ELE NÃO ME VÊ.
NEM ME LEMBRO MAIS DA CARA DELE.
ACELEREMOS O PASSO ENTÃO.
DESEJO CHEGAR LOGO À CAPITAL DOS TERRITÓRIOS, DE ONDE TOMAREMOS UM MEIO DE TRANSPORTE MAIS ÁGIL.

CRASH!
MAS QUE DESGRAÇA?!
CUIDADO, RUIVO, PODE SER UM LADRÃO QUE ENTROU NA LOJA! É MELHOR CHAMAR A GUARDA... ELES PODEM--
BAH!
ATÉ AQUELAS LESMAS CHEGAREM AQUI, O FILHO DE UMA PORCA PARIDA JÁ LEVOU METADE DA NOSSA LOJA!
FICA AQUI, MULHER! EU VOU DAR UM JEITO NESSE VAGABUNDO!

SEGURA ESSA MÃOZONA NERVOSA AÍ, SEU MERDA DE UMA ÉGUA MANCA!
HEH!
SWISH
?!
SHUNK

VUIP
RUIVO! RUIVO, CÊ TÁ BEM?
TÔ.
ANDA, MULHER, VAI VER O QUE ESSE FILHO DE UMA RAMEIRA LEPROSA LEVOU!

DEIXOU UMA CARTA.
Maximus Magnus, o Magnanimus Supremus Absolutus, agradece sua generosidade.
ÓTIMO, AGORA A GENTE TEM O NOME DO LADRÃOZINHO ANÃO SAFADO PRA DAR PROS GUARDAS...
TAP
...MAXIMUS MAGNUS!

O TAL DE MAXIMUS MAGNUS MAGNANINUS SUPREMUS ABSOLUTUS ATACOU DE NOVO, DESSA VEZ FOI A LOJA DO RUIVO.
E DIZEM QUE A GUARDA AINDA NÃO SABE NADA DELE, O CARA NÃO DEIXA RASTRO!
AH, É?
POIS PRA MIM, ALGUÉM QUE PRECISA TER UM NOME TÃO COMPRIDO DEVE É TER PROBLEMAS COM TAMANHO.
PSSSTF!
PÁRA COM ISSO, OSSO DURO, O CARA É MUITO ESPERTO! TEM QUASE UM MÊS QUE COMEÇOU A ATACAR E NINGUÉM PEGOU ELE ATÉ AGORA.
ESSE AÍ VAI BOTAR UM MONTE DE GUARDA MOLENGA PRA TRABALHAR.
SOU F*DA
SE EU COLOCO A MÃO NESSE SUJEITO, DEIXO ELE MAIS QUEBRADO QUE PROMESSA DE BÊBADO. MELHOR NÃO METER A FUÇA POR AQUI.
E AÍ, MOLEQUE? VAI MAIS UMA DOSE DE SATÁ-KOLA?
NÃO FUI EU, MOÇO!

NÃO, BRIGADO, OSSO DURO. A GENTE SÓ TAVA PENSANDO AQUI... ONDE A RAGANI SE ENFIOU MESMO? TÁ SUMIDA A BICHINHA!
TAPÃO!
COF!
TÁ VISITANDO A FAMÍLIA. NEM TODO MUNDO É FILHO DE CHOCADEIRA FEITO VOCÊS DOIS.
HEH, BOA! VAMOS, MAX!
O OSSO DURO AQUI TROCOU AS FERRADURAS E AINDA TEMOS UMA TENDA PRA DESARMAR.
FALA PRA RAGANI QUE ESTAMOS COM SAUDADES DO BOM ATENDIMENTO E DO SORRISO DELA, OSSO.
VAI MAMAR NUM JEGUE, VOCÊ. OLHA A MINHA CARA DE MOLEQUE DE RECADO.
UAI, VÃO DESARMAR A TENDA? O CIRCO JÁ TÁ INDO EMBORA?
TÁ. ESSA CHUVARADA DESGRAÇADA AFASTOU O PÚBLICO.
ACHEI ÓTIMO! SÃO UM BANDO DE GENTE GROSSA E SEM EDUCAÇÃO. OUVI DIZER QUE VÃO PRA OSAHAR, AQUELE REINO QUE FICA BEM NO MEIO DO REGO DO DESERTO.

SABE, FAUSTO, EU ANDEI PENSANDO...
PENSANDO, MOLEQUE? MAS QUE MILAGRE!
HAHAHA, O CIRCO TEM UM PALHAÇO NOVO, PODIA FAZER DUPLA COM A PAULINA, AQUELA ENGRAÇADALHA DO CARILHO.
EU TÔ FALANDO SÉRIO DESSA VEZ, FAUSTO.
E SEI QUE NUNCA VOU PODER PAGAR TUDO O QUE TU FEZ POR MIM.
COMEÇA DEIXANDO DE LADO ESSA IDÉIA BESTA DE VIRAR UM LADRÃO.
NÃO POSSO, PRECISO MUITO DE DINHEIRO.

É, JÁ TÁ GANHANDO FAMA.
POIS É, E NÃO VOU COLOCAR EM RISCO O PESSOAL DO CIRCO. NÃO É JUSTO COM NENHUM DE VOCÊS.
ACABOU PRA MIM AQUI, NÃO VOU COM O CIRCO DESSA VEZ. PRECISO CUIDAR DE MUITA COISA AGORA. ME DESCULPA.
SEI QUE NÃO POSSO TE FAZER MUDAR DE IDÉIA.
ESSE DIA FINALMENTE CHEGOU, NÃO É, MOLEQUE?
NÃO PRECISA SE DESCULPAR, TAMPINHA. SÓ SE CUIDA, NÃO QUERO VER TODO O MEU TRABALHO DE TE TORNAR MEIO HOMEM DESPERDIÇADO, OUVIU? HEHEHE!
EU SERIA MEIO NADA SEM A SUA AJUDA, FAUSTO.
E NÃO ESQUENTA! SOU O MELHOR, LEMBRA? MAXIMUS MAGNUS ETC E TAL, O MAIORAL SEM IGUAL. JÁ TÃO ATÉ COMENTANDO AS MINHAS FAÇANHAS!
CEEERTO. ME DIZ UMA COISA, Ô ETC E TAL REI DA RIMA RUIM..

...A PAULINA JÁ SABE QUE A PARTIR DE HOJE NÃO TEM MAIS UM TETO?
AHHH...
...NÃO.
MAS PERA LÁ, NÃO É QUE ELA NÃO VAI TER MAIS UM TETO. TEM UMA CASINHA, SABE? MAIS PRO LADO DA ÁREA RURAL.
TÁ CERTO. VEM COMIGO, BAIXINHO.
NÃO É UMA MANSÃO, CLARO, MAS SE REFORMAR, FICA BOA!
JÁ MATEI UNS TRÊS RATOS, DEVE TER SÓ MAIS UNS CEM, E UMAS BARATAS VOADORAS. COISA POUCA, BOBAGEM!
SEI... CÊ TÁ FERRADO.
PEGA! ISSO VAI TE AJUDAR NO SEU NOVO *RAMO DE NEGÓCIOS*.
HEIN? QUIÉ ISSO?

FAUSTO, SÃO SUAS ADAGAS!
EU NÃO POSSO ACEITAR. SÃO SUAS, PRA SE APRESENTAR!
NADA DISSO, MOLEQUE. FAZ MUITO TEMPO QUE NÃO USO E VOCÊ SEMPRE TENTOU ROUBAR ISSO AÍ DE MIM QUANDO ERA PEQUENO, QUER DIZER, MENOR.
E AGORA VAI PRECISAR DELAS MUITO MAIS QUE EU.
FAAAUSTO...
MUITO OBRIGADO!
VOCÊ SEMPRE VAI SER O MEU MELHOR AMIGO DO MUNDO TODO!
BOA SORTE, FILHO.

ESSA TEMPESTADE NOS ATRASARÁ EM CERCA DE UM DIA.
EU NÃO ESTOU COM PRESSA.
ESTOU GOSTANDO DE VIAJAR CONTIGO E CONHECER MAIS DO MUNDO QUE VI TÃO POUCO ATÉ HOJE.
E DEPOIS, ACHO QUE NUNCA MAIS ME ENCONTRO COM UM ELFO, NÉ?
DE FATO.
FALANDO SOBRE ALGO RELEVANTE...
...NÃO ESTÁ NEM AO MENOS CURIOSA SOBRE O REINO DE SEU PAI?
NEM UM POUCO. NÃO ACREDITO QUE VOU SER BEM VINDA NO MEIO DE UM MONTE DE PALACIANO QUE VAI ME CHAMAR DE BASTARDA.
AINDA QUE BASTARDA, SEU DOM É A PROVA DE SEU SANGUE REAL. LOGO, NA FALTA DO HERDEIRO, SERIA COROADA REGENTE.
SAI DE MIM! NÃO QUERO FICAR O DIA TODO COM A BUNDA PREGADA NUM TRONO, DOMI. AGORA SÓ QUERO CONHECER O CONTINENTE, TER UMA VIDA DE VERDADE.

POR CAUSA DO MEU DOM, FUI CRIADA ISOLADA. O POUCO QUE VI ERA QUANDO A GENTE SAIA PRA COMPRAR MANTIMENTOS.
AGORA QUE ESTOU VENDO TUDO O QUE PERDI, QUERO PODER CORRER POR AÍ, CONHECER MAIS LUGARES, OUTRAS CULTURAS...
E APROVEITAR CADA MOMENTO DA MINHA LIBERDADE NO LOMBO DO BESTA.
FALANDO NISSO, ACHA QUE OS CAVALOS TÃO BEM LÁ FORA?
SÃO ANIMAIS, ESTÃO ACOSTUMADOS COM ALGUMAS GOTAS DE ÁGUA.
O BESTA NÃO É SÓ UM ANIMAL, DOMI. ELE É UM MEMBRO DA MINHA FAMÍLIA!
VOU VER COMO ELE TÁ, VEM COMIGO?
NÃO.
ENTÃO TÁ! ÓTIMO! ESPERO QUE FIQUE *MUITO BEM SEQUINHO* AQUI!
GRATO. FICAREI.

ELFOS AMIGOS DA NATUREZA, MEU OVO! EGOÍSTA.
PELA LUZ SAGRADA DE BELENUS!
POBRE CRIANÇA NASCIDA DE UM ERRO, ONDE ESTAMOS?
QUANDO ESTOU?

!
KABROOM!!
QUEM É VOC--
DOMI!

DOMI, TINHA... TINHA UMA... ACHO QUE ERA UMA... EU VI *UMA CRIANÇA LÁ FORA!*
AGARRA
É VERDADE! ELE... ELE... EU NÃO SEI, TAVA ESCURO, MAS ACHO QUE... ELE ME VIU, FALOU COMIGO!
E, DE REPENTE, SUMIU! ELE EVAPOROU NO AR!
PENA QUE MINHAS VESTES TAMBÉM NÃO POSSUAM O PODER...
...DA AUTO EVAPORAÇÃO.
!
DESCULPA.

ADMIRA-ME UMA JOVEM DOTADA DE DONS SINGULARES SE ASSUSTAR COM ALGO TÃO BANAL.
CALMA LÁ! DE ONDE EU VIM, FANTASMAS E APARIÇÕES DO ALÉM NÃO TÊM NADA DE BANAL.
ENTÃO ACOSTUME-SE, POIS TAL MATA ESTÁ REPLETA DE CRIATURAS POUCO DEFINIDAS.
COMOÉ QUIÉ?!
MINHA QUERIDA, ESSA É UMA REGIÃO TOMADA POR APARIÇÕES QUE VAGAM SEM DESTINO...
...EM BUSCA DE ALGO OU ALGUÉM EM QUEM POSSAM DEPOSITAR TODOS OS SEUS MAIS PERVERSOS DESEJOS.
MENTIRA! CÊ TÁ FALANDO ISSO SÓ PRA ASSUSTAR!
ORA, E O QUE ME DIZ DE SUA VISÃO NA MATA?

GRAB!
MELHOR SE RECOMPOR, MINHA CARA. TEMOS UM LONGO CAMINHO PELA MANHÃ.
TÁ BOM, MAS SÓ TEM UMA COISA...
...EU DEIXEI O MEU MANTO LÁ FORA NA CHUVA, E AGORA NÃO TENHO COM O QUE ME COBRIR.

E TÁ MUITO FRIO.
NÃO VOU DIVIDIR CONTIGO O MEU MANTO.
?!
PARA COMPARTILHAR DE MEU MANTO, TERIA QUE COMPARTILHAR DE MEU LEITO.
?!!
VAI TE CATAR, CABRA!
NÃO QUERO DIVIDIR NADA CONTIGO. SERIA MAIS EDUCADO ME EMPRESTAR O SEU MANTO.
E NÃO LHE DAREI A HONRA DE DIZER AOS QUATRO VENTOS QUE SE DEITOU COM DOMENIK WINDSLASHER.
MAS QUER SABER? ENGOLE O MANTO. NÃO VOU MORRER POR CAUSA DE UM FRIOZINHO DESSES.

SORRIAM, MENINOS!
NOSSO ELFO ESTÁ MAIS PERTO DO QUE VOCÊS IMAGINAM.
CONTINUA...

GLOSSÁRIO

Agameron – Um dos Quatro Reinos fundados no início das Eras, também conhecido como o Reino Leste. Após diversas batalhas entre os Guardiões Arawn e Belenus o Guardião das Sombras tomou para si o título de Protetor do Reino Leste, sendo assim venerado pelos habitantes de Agameron.

Amarelos - Como os humanos vulgarmente se referem aos elfos da Tribo dos Luzes Douradas.

Anéis – Moeda usada em Psykhé. Como o nome diz, tem o formato de um anel achatado e podem ser de ouro, prata ou bronze.

Arawn – Filho de Dagda, irmão gêmeo de Belenus. Arawn possui pleno controle do Dom das Sombras e da Noite. Depois da suposta ausência de seu pai, Dagda, travou diversas disputas com Belenus e tomou para si os Reinos de Agameron e Osahar (Reino Leste e Reino Norte). É venerado também pelos Espíritos de Névoas ou Tribo Azul (Azuis).

Assembléia Real – Sistema através do qual os reis de Agameron e Kingo consultam a opinião do povo. A Assembleia é composta por membros de alto prestigio social como sábios, comerciantes e militares de alta patente.

Azuis – Como os humanos vulgarmente se referem aos elfos da Tribo dos Espíritos de Névoas.

Belenus – Filho de Dagda, irmão gêmeo de Arawn. Belenus possui pleno controle do Dom da Luz e do Dia. Depois da suposta ausência de seu pai, Dagda, travou diversas disputas com Arawn e tomou para si os Reinos de Kingo e Ravi (Reino Sul e Reino Oeste). É venerado também pelos Luzes Douradas, ou Tribo Amarela (Amarelos).

Cidadela Regencial – Região onde se localiza o palácio real de Kingo, morada do rei, de seus familiares, e onde se encontra a sede da Assembléia Real do Reino Sul. É também sede da Guarda Palaciana, um grupo de soldados responsáveis por cuidar da segurança do rei de Kingo.

Dagda – Guardião Supremo, O Primeiro Guardião. Pai dos gêmeos Belenus e Arawn, herdou do Criador a função e o título de Protetor do Continente. Possui pleno controle de todos os Dons Naturais (Terra, Fogo, Àgua, Ar). Muitas lendas contam que Dagda está ausente de Psykhé, pois teria partido para a Grande Guerra, o que explicaria o desequilíbrio e os conflitos constantes em que Psykhé está mergulhado.

Deserto das Areias Rubras – Deserto que cobre parte da região norte do Continente. O seu nome se dá graças à coloração laranja intenso, quase vermelha, das areias.

Rezam antigas lendas que, no início das Eras, o Deserto era uma vasta planície verde. Porém, quando Boann, a forma humana ancestral de uma das luas de Psykhé, fora acorrentada à terra e seu corpo dilacerado por uma violenta enchente que varreu toda a planície, toda a vegetação antes presente fora destruída e o sangue de Boann tingira o solo, tornando a região um vasto e árido deserto.

Clã Mishra – Antigo clã de nobres do reino de Ravi. Uma das antigas rainhas do Reino Oeste pertencia a esse clã.

Floresta Morada da Escuridão – Antigamente conhecida como Floresta Morada da Luz, era em seu coração que residiam os elfos da Tribo Amarela (Luzes Douradas). Após a quase extinção dos mesmos por parte de inimigos, os Luzes Douradas amaldiçoaram as matas ao redor de sua morada, tornando-as sombrias, traiçoeiras e mortais.

A floresta então passou a ser conhecida como Morada da Escuridão, de onde nunca se ouviu falar de alguém que entrou e saiu com vida.

Galatéia – Capital de Agameron, onde se encontra o Palácio Real e onde a Assembleia se reúne na presença do rei.

Grande Lua – Eclipse onde Boann (a lua maior) cobre por completo Nechtan (a lua menor). Durante esse evento acredita-se que os portais dos submundos ficam abertos e que Arawn varre o mundo caçando com sua matilha aqueles que fugiram de seu domínio, assim como aqueles que cruzaram os portais extra planares e invadiram Psykhé com propósitos nefastos.

Guardiões – Criaturas mais poderosas das quais se tem registro em todo o Continente. Veneradas nos Quatro Reinos e por outros habitantes de Psykhé, como anões, elfos e antros.

Kingo - Um dos Quatro Reinos fundados no início das Eras, também conhecido como o Reino Sul. Após diversas batalhas entre os Guardiões Arawn e Belenus, o Guardião da Luz tomou para si o título de Protetor do Reino Sul, sendo assim venerado pelos habitantes de Kingo.

Nansei – Capital de King (Reino Sul).

Ravi - Um dos Quatro Reinos fundados no início das Eras, também conhecido como o Reino Oeste. Após diversas batalhas entre os Guardiões Arawn e Belenus, o Guardião da Luz tomou para si o título de Protetor do Reino Oeste, sendo assim venerado pelos habitantes de Ravi.
Ravi foi o primeiro dos Quatro Reinos irmãos a ruir.

Os regentes de Ravi sempre carregaram uma natureza pacífica, evitando ao máximo reforçar seus exércitos ou formar aliança militar com outros povos. Graças ao seu espírito passivo, o Reino Oeste sofreu por séculos com a investida bélica de uma antiga aliança militar formada pelos reinos de Agameron e Osahar, tendo seu declínio final em anos recentes. Nos dias atuais, Ravi é um reino abandonado, com poucos habitantes ainda residindo em suas terras. A família real do Reino Oeste ganhou abrigo em Kingo, como refugiados políticos.

Reino Norte – Segunda nomenclatura dada ao Reino de Osahar.

Reino Sul – Segunda nomenclatura dada ao Reino de Kingo.

Reino Leste – Segunda nomenclatura dada ao Reino de Agameron.

Reino Oeste – Segunda nomenclatura dada ao Reino de Ravi.

Tríade Sagrada – Referência a tríade formada pelos Três Guardiões do Continente: Dagda, Belenus e Arawn.

Territórios Livres – Terras independentes dos Quatro Reinos com sistema de governo e militar próprio. Governado por um Conselho formado por cidadãos indicados pelo povo durante uma Assembléia Urbana no centro comercial dos Territórios: o Vale dos Mercadores. Mesmo que não estejam sob o domínio de reis, quando necessário podem seguir ordens de qualquer um deles, ainda que não tomem partido em suas disputas políticas.

Vale de Gia – Faixa de terra que divide Agameron de Kingo. O Vale de Gia abriga um vilarejo com centenas de famílias, além de suas terras serem produtoras natural do precioso metal usado na forja das lendárias espadas de Kingo, as lâminas mais mortais produzidas por humanos.

Durante séculos, o Vale foi disputado entre Agameron e Kingo por sua infeliz posição fronteiriça entre os dois reinos. Foi durante o reinado de Lander que o regente do Reino Leste assinou um armistício no qual cessaria por tempo indeterminado quaisquer avanços territoriais contra Gia. O motivo de Lander se deixar convencer a não mais levantar armas contra o Vale permanece um mistério.

Vale dos Mercadores – Capital comercial dos Territórios Livres e onde está estabelecida a sede de seu Conselho e da Guarda Militar.

Vermelhos – Como os humanos vulgarmente se referem aos elfos Olhos Selvagens (Tribo Vermelha).

Psykhé – Continente que possui em sua extensão terras livres habitadas por humanos, antros e demais criaturas, assim como Quatro reinos fundações. Lendas dão conta de que o Continente foi criado por um ser ancestral desconhecido, nomeado apenas pelo titulo genérico de O Criador. Logo após a criação de Psykhé o Continente foi deixado aos cuidados do Guardião Dagda, responsável por dividir, designar quatro reinos fundações e zelar pelo Equilíbrio entre os seus habitantes.

A primeira era durante a qual Dagda cuidava do mundo é conhecida como a Era De Ouro, quando o Continente vivia em perfeita harmonia e se desenvolvia sob a tutela do Guardião Supremo. Mas após a ausência de Dagda, a civilização entrou em declínio por disputas entre reinos e por seus territórios, iniciando assim a chamada Era do Povo.

GALERIA
DE ARTISTAS
CONVIDADOS

arte de Tabby Kink

arte de Melody Merodii

arte de Rafi de Sousa

arte de Carolina Mascarenhas

arte de Raquel Sumeragi & Lili